folio cadet ▪ premières lectures

Maquette : Christophe Hermellin

ISBN : 978-2-07-063361-6

Numéro d'édition : 175053
Loi n° 49-956 du 16 juillet 1949 sur les publications destinées à la jeunesse
Dépôt légal : mai 2010
Imprimé en France par I.M.E.

Le Roi FootFoot

Alex Sanders

GALLIMARD JEUNESSE GIBOULÉES

FOOT FOOT CLUB
FFC
11

1

Il était une fois un roi, un tigre, un champion... et un petit ballon rond !
Allons droit au but : le Roi FootFoot était tout cela à la fois, mais il avait aussi des yeux verts comme le gazon, et une véritable adoration pour les chaussures à crampons !
Vif ! Agile ! Félin !
Sur tous les terrains, il avait la technique des grands magiciens...

– Allez, venez, on va faire un match ! Il ne faut pas rester enfermés toute la journée ! Reine CacheCache ! Roi DouDou ! Allez, Roi MiamMiam !

– Mais il pleut, Majesté... Et c'est l'heure du goûter !

– Tire-au-flanc ! Ce ne sont pas trois petites gouttes qui vont nous arrêter. Hop ! Hop ! Tous en short ! Rien de tel qu'un petit foot ! Une, deux, une, deux !

FFC
11

FOOT FOOT CLUB

2

Une belle humeur sportive régnait au Château Grand-Stade. Et les tigres du Foot Foot Club y demeuraient invaincus. L'équipe de Sa Majesté gagnait à tous les coups toutes les coupes, les championnats et même les matchs amicaux... Ce qui leur valait pas mal d'ennemis ! Les lions du barbare Boum Boum Club rêvaient de leur flanquer la raclée... Alors ils s'entraînaient beaucoup : musculation, étirements, musculation, assouplissements, musculation et footing tous les matins...

Mais ça ne servait à rien !
But ! Un petit pont ! En plein dans la lucarne !
– Ôte-toi de là, passoire ! C'est ta faute ! rugissait le Roi BoumBoum à son gardien.
Et il l'expédiait au vestiaire d'un bon coup de pied au derrière. Puis il prenait sa place et ses gants, pour essayer d'attraper les grosses patates : Sa Majesté ne faisait plus son fier, il voulait sa revanche au bras de fer. Cinq à zéro pour le Roi FootFoot ! But ! Six à zéro ! But ! But ! But !

Le Roi FootFoot était encore et toujours le meilleur, le dieu du Grand-Stade, le seigneur de la pelouse, le chouchou de ces dames ! Mais pas du tout celui de la Reine PanPanCuCu, qui n'applaudissait pas ses prouesses et grogneugneummelait sans cesse : « Il a le don de me mettre en boule ! » Elle n'avait plus qu'un seul but dans la vie : le battre !

BM
18
BM
6
BM
14

3

La reine décida qu'il y aurait un match des reines contre les rois !
– Mais vous vous footez de moi, très chère ! lui dit le Roi FootFoot, hilare.
– Si vous ne voulez pas jouer, vous aurez une fessée déculottée devant le stade tout entier… mon très cher ! répliqua la Reine PanPanCuCu.
– Bon, d'accord, accepta le Roi FootFoot.
Monique était le petit nom de la Reine PanPanCuCu, qui baptisa son équipe le Bayern-de-Monique. JolieJolie et BisouBisou à l'attaque, TuTu au centre, GuiliGuili sur le flanc, CacheCache en embuscade et… MiniMini gardienne de but !

– C'est plutôt fair-play, trouva le Roi FootFoot, qui, grand seigneur à son tour, proposa au Roi DoDo d'être goal.
Pour le reste de l'équipe, ils n'étaient qu'une royale bande de brutes et d'abrutis. Le match s'annonçait donc tout à fait sereinement pour le Roi FootFoot.

FFC
6
FFC
FFC
8
FFC
20
FFC
4

FFC
11
BM
12

4

Honneur aux dames ! Le coup d'envoi fut sifflé par Son Autorité le Roi NonNon, lequel évidemment avait refusé de jouer, mais pas d'arbitrer : il adorait souffler dans le sifflet !
Mais gare aux cartons rouges, qu'il avait faciles ! Le Roi FootFoot faillit être expulsé avant même que le match ait commencé, car il n'arrêtait pas de ricaner. Et bêtement, en plus ! Il risquait la fessée devant le stade tout entier !

La Reine PanPanCuCu, qui bouillait d'impatience, shoota tellement fort dans le ballon qu'il traversa le stade, fonça droit sur les buts du Roi DoDo, rasa le poteau, survola gradins et remparts. Et pour finir... il fallut trouver un autre ballon !
Le match commença mal pour ces messieurs : le Roi HiHiHaHa avait attaché les lacets du Roi FootFoot en plein match ! Mauvaise blague ! Carton rouge ! Et les reines d'en profiter pour récupérer le ballon...

…BUUUTTT ! La Reine HouHou ! De la tête ! Un à zéro pour les reines !
– Évidemment, DoDo s’est endormi, souligna le Roi FootFoot, un brin mauvais joueur.
Il n’avait jamais vu un match prendre une telle tournure. C’était un royal… footoir !
Le Roi NonNon distribuait pourtant des cartons de toutes les couleurs, des coups de gueule, des coups de pied et des coups francs.
Rien n’allait plus du tout.

HOUHOU
13

FFC
FFC
FFC
11
FFC

5

Quelqu'un devait reprendre le match en main. Il fallait un vrai magicien, un sauveur…

… Il fallait un champion !

Et le Roi FootFoot s'empara enfin du ballon ! C'était le délire dans les gradins !

– FootFoot ! FootFoot ! FootFoot ! scandait le public.

Le roi dribbla la Reine TuTu, loba la Reine MiniMini, qui revenait à grandes enjambées, il se débarrassa du Roi ZinZin, qui avait changé de camp, entra dans la surface de réparation et décocha un tir surpuissant au ras du poteau…

… BUT !!!

Et, de but en blanc, le Roi FootFoot marqua but sur but des heures durant ! De la tête, du pied gauche, du pied droit, du talon, du genou, du cucul !
But ! But ! But ! On ne pouvait plus l'arrêter !
Alors on installa une grande table de banquet pour les joueurs et même pour le public. Et des heures plus tard, au beau milieu de la nuit, le Roi NonNon sursauta dans son lit, et réveilla tout le château en sifflant la fin de la partie !

FFC

Alex Sanders

Avez-vous toujours été auteur-illustrateur ?
Non, j'ai été artiste peintre, un peu photographe aussi. Et j'ai fait divers jobs aussi, comme assistant-casting et assistant dans la publicité. J'ai même vendu des gadgets en peluche !

Combien de livres avez-vous publiés ?
Environ 200 ! Ça fait beaucoup, c'est sûr. Mais comme ce sont des livres avec assez peu de pages, ce n'est pas comme si j'avais écrit 200 romans ! Même si les dessins prennent pas mal de temps…

Où et quand aimez-vous travailler ?
Je commence tout de suite après le petit déjeuner, et j'aime travailler dans mon salon, chez moi. Je dessine sur un coin

de table en général ; il ne me faut pas beaucoup de place, comme quand j'étais enfant.

Qu'est-ce qui vous a inspiré pour écrire cette histoire ?
J'aime bien le foot ! J'y jouais quand j'étais jeune, j'étais plutôt un défenseur. Mais je rêvais d'être un buteur ! Comme le Roi FootFoot !

Combien de temps vous a-t-il fallu pour illustrer *Le Roi FootFoot* ?
Il m'a fallu un petit mois de travail pour cette histoire, des premiers coups de crayon aux images finalisées.

Qu'aimez-vous faire pendant votre temps libre ?
Je n'ai pas tellement de temps libre. Je travaille beaucoup trop ! Ce qui me plaît, c'est de faire des photos des gens que j'aime.

je lis tout seul

Pour les jeunes apprentis lecteurs
Niveau 2

n° 6 *Fou de football*
par Colin McNaughton

n° 8 *La belle lisse poire du prince de Motordu*
par Pef

n° 9 *Timioche*
par Julia Donaldson
et Axel Scheffler

n° 18 *Rendez-moi mes poux !*,
par Pef

n° 19 *La véritable histoire des trois petits cochons*
par Erik Blegvad

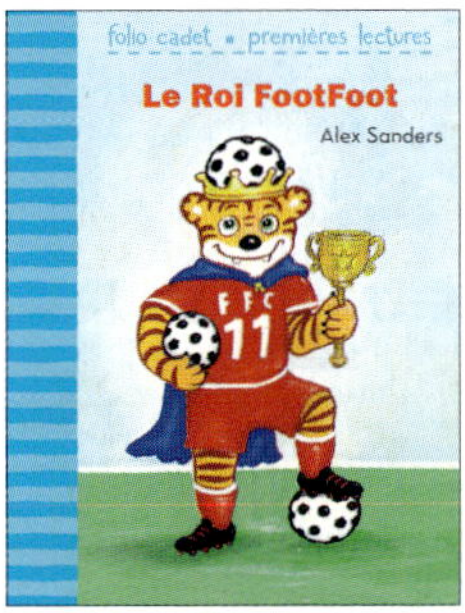

n° 21 *Le Roi FootFoot*
par Alex Sanders

n° 22 *La Reine RoseRose,*
par Alex Sanders

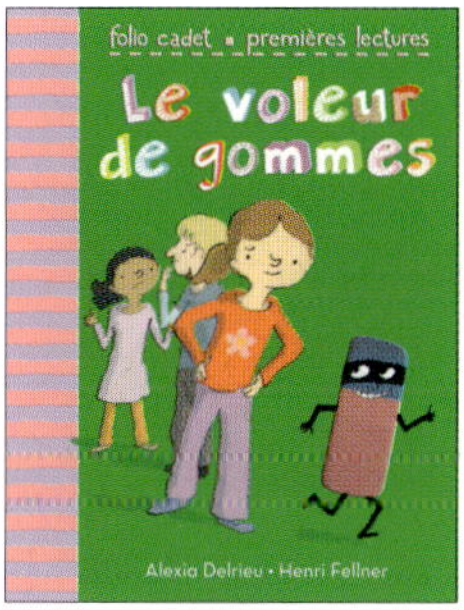

n° 26 *Le voleur de gommes*
par Alexia Delrieu
et Henri Fellner

n° 29 *Le chapeau*
de l'épouvantail
par Ken Brown

n° 30 *Pincemi, Pincemoi*
et la sorcière par Henriette
Bichonnier et Pef

je commence à lire

Pour les jeunes apprentis lecteurs
Niveau 1

n° 3 *Le garçon qui criait : « au loup ! »*
par Tony Ross

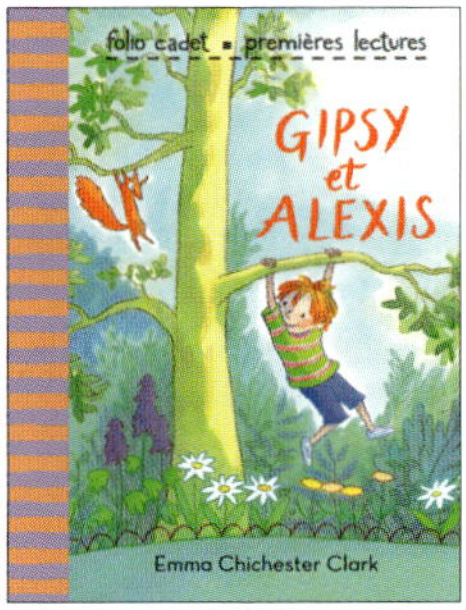

n° 4 *Gipsy et Alexis*
par Emma Chichester Clark

n° 20 *Crapaud*
par Ruth Brown

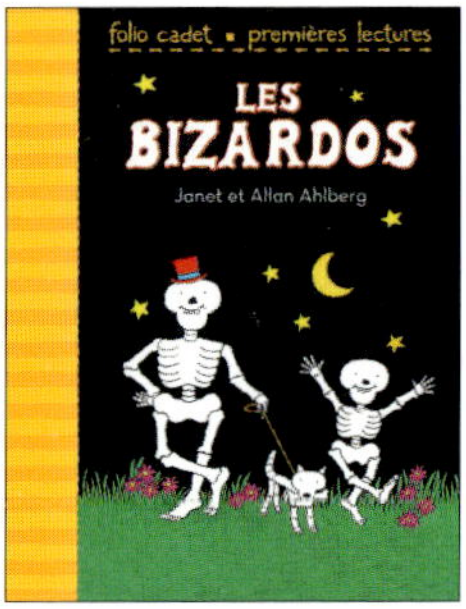

n° 23 *Les Bizardos*
par Allan et Janet Ahlberg

n° 24 *Je ne veux pas aller au lit !*
par Tony Ross

n° 25 *Bonne nuit, petit dinosaure !* par Jane Yolen et Mark Teague

n° 27 *Meg et la momie*
par Helen Nicoll et Jan Pieńkowski

n° 28 *But !*
par Colin McNaughton